童話國的郵票

文．圖／安野光雅　譯／蘇懿禎

步步出版

目次

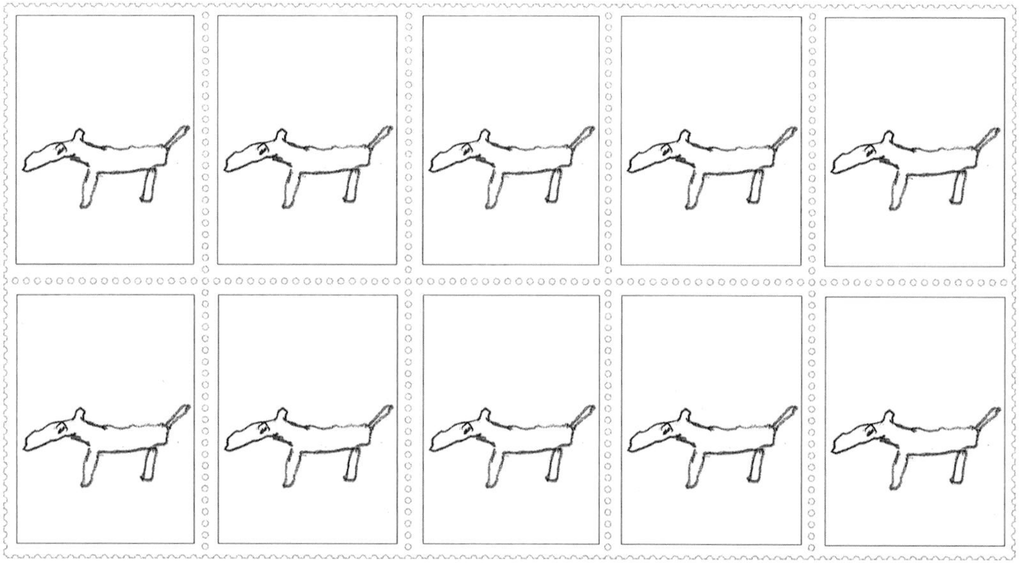

童話郵票

很久很久以前，有一個國家的大臣向國王提出了建議：「臣認為有必要在我國推行郵政，不知您意下如何？寫完信之後，寫上收件人的姓名和地址，再貼上郵票，放入郵筒，信就會送到對方手上。只要貼上『郵票』這種小小的紙就行了。」

因為這發生在很久很久以前，所以大臣花了三天，才終於向國王解釋清楚郵票的功用。

於是國王說：「既然如此，郵票上的圖案就由我來畫吧。」

「不不，這種事情讓陛下來做真是大材小用了。就由我在國內尋找畫家繪製吧！若是陛下不滿意，可以讓畫家改到您滿意為止。」大臣回答。

國王心想：「哼，這大臣一定是覺得我的畫很差勁，上次我畫了一隻狗，他居然稱讚『這匹馬真漂亮！』」

國王愈想愈生氣，但還是跟大臣說：「既然如此，郵票的畫完成之後再拿來給我看吧。由你親自負責，相信一定能做出完美的郵票。」說完，國王便回到宮殿裡去了。

賣雞蛋的少女

大臣尋遍了全國，或許是國家太小了，只找到一個還沒出師的學徒佩達。大臣命令佩達先試畫一張來瞧瞧。

於是佩達畫了一幅在市場上看到的「賣雞蛋的少女」圖，交給大臣。其實，這幅畫並不是為了郵票而畫，而是因為佩達喜歡這個女孩，早在很久以前就已經畫下這幅作品。要是它可以印成郵票，女孩一定會很開心。

但是大臣卻說：「這是什麼畫呀，這種東西怎麼能呈給陛下看呢？回去重畫一張更有內涵的來！」

佩達解釋：「您有所不知，蛋是各種生命的起源，我認為非常適合當作第一張郵票。」

但他還是只得到了一句：「不行！」

金・次郎

佩達認真思考之後，畫了一幅小孩在讀書的圖。

佩達說：「這個孩子叫做金．次郎，家境十分貧困。白天要上山砍柴，晚上則用稻草編成繩子，再搥打稻草織成草鞋。他除了得照顧弟弟，到田野上幫父母務農打理家務，甚至還存錢換回被送給別人當養子的弟弟。不僅如此，從山裡回家的路上，他總是把握時間認真讀書。他除了照顧自己的家人之外，長大後也造福鄉里。金．次郎不只是孩子的榜樣，更是所有人的模範，可說是無人不知、無人不曉的偉人。大人，您覺得如何？」

大臣卻說：「這麼偉大的人，一般人無法模仿，而且，只會讓我看起來很無能。這樣的偉人反而會造成我的困擾。再說，一邊走路一邊看書很危險哪！」

漢賽爾與葛麗特

佩達又畫了一幅不一樣的圖。

佩達說：「這張櫻花樹下的兩個孩子，您覺得如何呢？請把它想像成《格林童話》中的漢賽爾與葛麗特。兩個可憐的孩子，被繼母帶到深山中丟棄，兄妹倆迷了路，卻在森林裡發現一間糖果屋。但是，那幢屋子裡住著一個老巫婆。這下可糟了，老巫婆請他們吃許多美味的食物，其實是想把他們養胖，再慢慢享用，但是最後兄妹倆勇敢的打敗了老巫婆。您覺得這個故事如何呢？」

大臣回答：「嗯，這個《格林童話》，在原本的故事中丟棄孩子的並非繼母，而是親生母親呢！這樣的改寫我認為不太恰當。那位不得不被改為繼母的親生母親，你有想過她的心情嗎？」

西洋版・開花爺爺

佩達這次畫了這樣一幅畫：「畫裡的狗正在吠叫，好像在告訴老爺爺快挖這裡。於是老爺爺拿著鏟子開始往下挖。沒想到居然從地底挖出了許多古代的黃金。」

大臣問：「這是考古學的挖掘現場嗎？要是挖到黃金或古代的器皿，必須稟告陛下。」

佩達說：「不行，這可不能說出去。後來，隔壁的壞爺爺知道了這件事，就跟老爺爺借這隻狗，老爺爺也把狗借給他了。壞爺爺強迫狗吠叫，接著急急忙忙的往下挖，沒想到挖到的只是一堆瓦片和碗盤碎片。壞爺爺一氣之下就把狗殺了。老爺爺非常傷心，一邊哭一邊埋葬了狗。之後，埋葬狗的地方長出一棵大樹，老爺爺用這棵樹做成木臼，然後用這個臼搗麻糬。這個故事您覺得如何呢？」

大臣說：「居然把狗殺了！蠢蛋，這種故事當然不行！」

西洋版・被剪舌的麻雀

佩達這次畫了麻雀的故事。

大臣說：「這次是什麼？該不會是什麼巫婆用麻雀血做藥的故事吧？」

佩達說：「不，這不是巫婆，是個壞心眼的婆婆，大家都叫她壞婆婆。這隻小麻雀舔了壞婆婆的糨糊，壞婆婆非常生氣，正在威脅麻雀，說要用剪刀剪掉牠的舌頭。」

大臣說：「俗語用『麻雀的眼淚』來形容微不足道。一隻小麻雀舔糨糊，能吃得了多少呢？這麼吝嗇的婆婆，讓人無法忍受！」

佩達說：「於是，隔壁的好婆婆就收留了這隻麻雀，幫牠養傷，等麻雀傷好之後再放牠回山裡。小麻雀的雙親為了報恩，就邀請好婆婆到家裡作客。」

大臣說：「是這樣啊。既然如此，為何不直接畫好婆婆就好？」

佩達聽了大臣的回答，心想：要用一張圖來表現好婆婆的善良，還真不容易哪！

劍玉

大臣說：「哈哈，這次畫了好婆婆嗎？」

佩達說：「不，這不是老婆婆，只是個一般的女孩。」

大臣說：「什麼嘛，我還以為是麻雀送她劍玉了呢。」

佩達說：「並非如此。這幅畫什麼意義都沒有，只是一個正在玩劍玉的女孩罷了。」

大臣說：「但如果圖畫沒有任何含義，不就是一張普通的人物畫而已嗎？可是總不能說這個女孩發明了劍玉，或是在奧運中得到劍玉比賽金牌之類的吧。」

佩達說：「要是圖畫有含義，含義可能會出問題。但如果沒有含義也不行，要怎麼拿捏還真困難呀！」

大臣說：「你說的沒錯。但最主要的問題是得說服陛下，不然陛下就要自己畫了，如此一來就大事不妙。要說服陛下，可不能只說這圖畫得好或不好啊！」

編按 劍玉：日本傳統玩具，相傳源自法國。材質多為木製。玩法多變，基本招式為將球上拋，並停在三個杯口上，或者以尖端刺進球上的洞，令球靜止，是一種考驗身體協調性的競技運動。

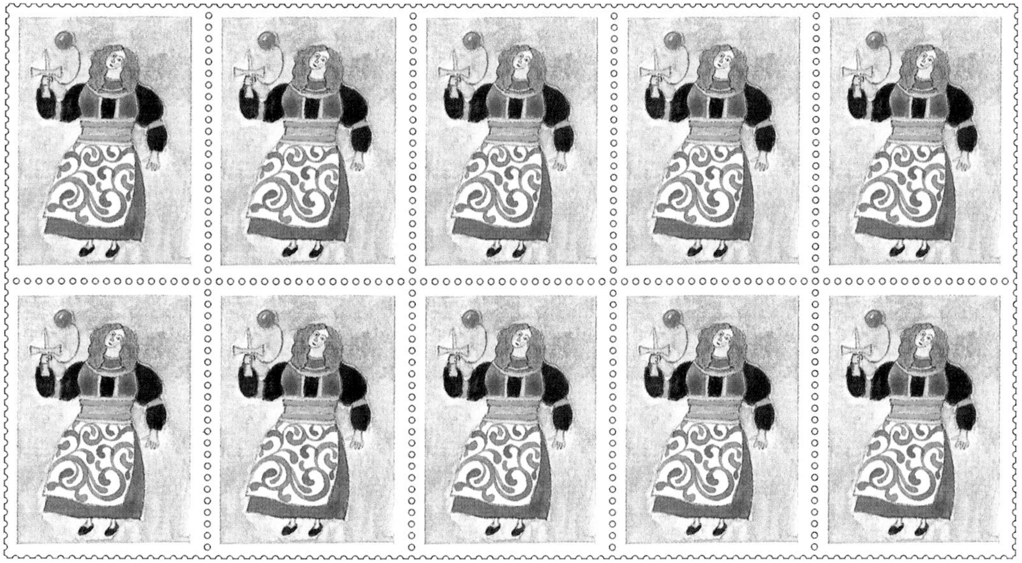

貓？和老鼠

佩達說：「這次我畫了動物。」

大臣說：「這樣啊，你畫的是貓和老鼠吧。老鼠應該怕貓，但卻站在貓的背上。你是想表達他們倆是好朋友嗎？也是啦，現在的貓都不太捉老鼠了。說到這個，美國那個湯姆貓和傑利鼠的卡通很有名呢！他們總是你追我跑，但其實感情也沒那麼差……嗯，這幅畫還不錯。」

佩達說：「牠看起來像貓嗎？這樣倒也說得通啦……」

大臣說：「看起來像貓不好嗎？」

佩達說：「這個嘛，我一開始是想畫貓，但是畫到一半改變了心意，決定畫成老虎……」

大臣說：「老虎？把牠當貓不行嗎？」

佩達說：「但牠的眼睛是老虎的眼睛，貓的瞳孔是直線呢。我畫完之後才發現自己畫錯了，想說把牠當作老虎也可以嘛……」

大臣說：「蠢蛋！這幅畫不合格！」

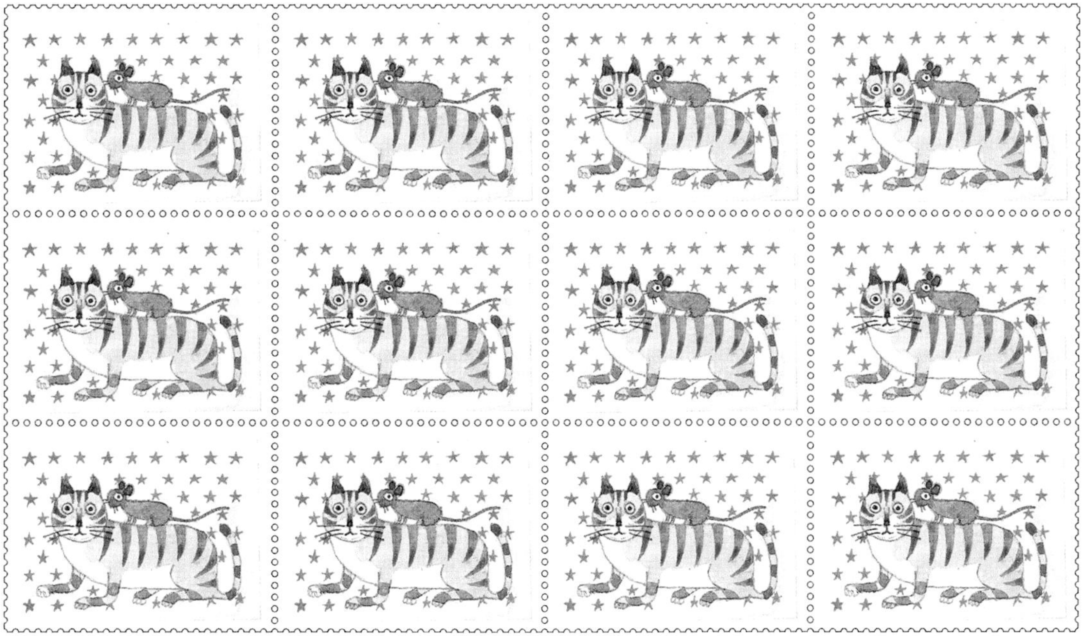

拇指男孩

大臣說：「這幅畫我已經給陛下過目了。陛下說：『嗯，這畫的是小朋友在洗澡吧，在一個小木桶裡，而且還豎了旗子玩呢，這點挺有趣的。不過還是有些地方看不太懂，例如這男孩手裡握著的是什麼啊？』」

佩達說：「這算是『拇指男孩』的一種。」

大臣說：「什麼?像拇指姑娘一樣的男孩嗎？」

佩達說：「嗯，也可以這麼說。這個小孩把小木桶當作船，打算航行到首都。他雖然個子小但是志氣高，到了首都的宮殿前，大聲喊道：『有人在嗎？』可惜沒人聽到他的聲音。這時公主發現了他，說：『唉呀，真可愛！』開開心心的把他帶回自己的房間。之後，拇指男孩努力精進武術，終於成為一位出色的騎士。這就是這幅畫的故事。」

大臣說：「這個故事不錯。但是陛下已經把這個當作是小孩在泡澡，要是聽到你扯什麼騎士，不被氣死才怪！」

西洋版・塚原卜傳

佩達說：「很久很久以前，有一個叫達太安．武藏的劍客，他為了磨練自己，決定離家拜師習武。旅途中，達太安聽說有一個叫做卜傳的劍聖，便前往拜訪。然而卜傳不在練習場，而是坐在破茅草屋的暖爐前喝茶。卜傳說：『年輕人，你看起來挺有兩下子的，就露一手讓我瞧瞧吧！』由於卜傳看起來並不像有意比武的樣子，因此就算他這麼說，達太安也不知道該如何出手，於是便拒絕了。卜傳又說：『別擔心，放馬過來。』達太安聽了，便奮力一擊，卻被卜傳用火鉗輕而易舉的撥開了。第二次，達太安『呀——』的吶喊著揮刀，卜傳拿起鍋蓋隨手一擋，再次阻止了進攻。等達太安回過神來，已經連木刀都被奪走了，他彷彿被催眠一般，動彈不得。這就是著名的『鍋蓋比武』。」

大臣說：「嗯，劍聖的故事也不錯，但不知道陛下會怎麼想。」

聽到這樣模稜兩可的答案，佩達只好說：「那我回去重畫吧！」

西洋版・浦島太郎

大臣說：「哈哈，看這煙霧繚繞的樣子，這人應該是個魔法師吧？」

佩達說：「請您把他當作《李伯大夢》的主角。李伯在森林裡幫忙搬運酒桶的時候，不小心誤入一個陌生的村莊，接著便陷入沉睡。當他終於睜開眼睛，回到自己的村莊時，赫然發現時光已經流逝了幾十年。雖然山川依舊，人事卻已全非。至於這枚郵票上的老爺爺，前一秒還是一個年輕的漁夫，他救了一隻被欺負的海龜，海龜為了報答他，便帶他到海底的龍宮。漁夫受到公主的青睞，在海底過著無憂無慮的日子。最後，當他決定回家時，公主送給他一個箱子。然而回到故鄉後，山川依舊，人事卻已全非。他非常失望，忍不住打開了那個箱子，沒想到箱子裡冒出一陣煙霧，年輕漁夫轉眼間就變成了老人。」

大臣說：「畫得太糟糕了，這老人跟陛下未免也長得太像了吧！」

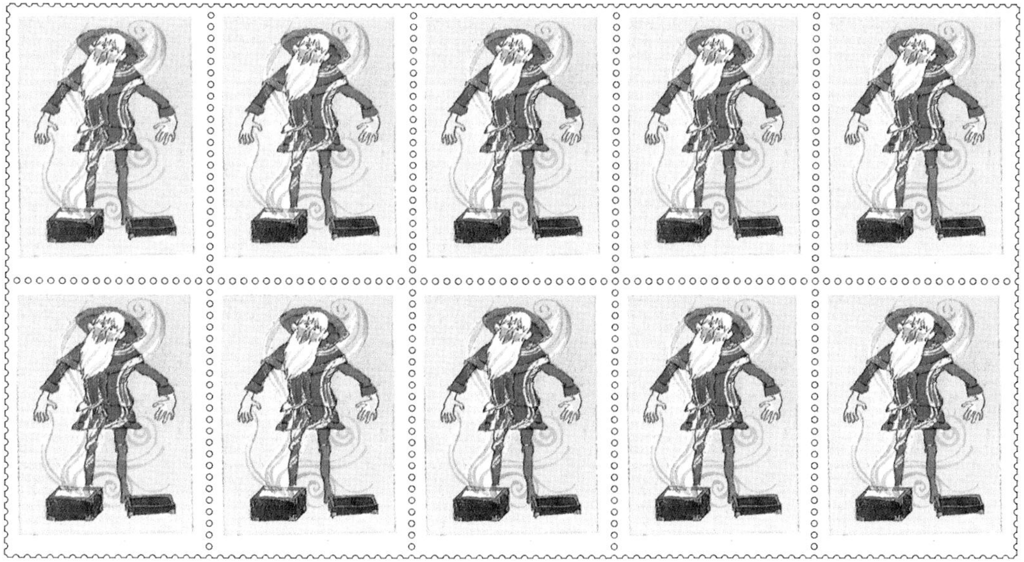

天使

大臣說：「佩達，你剛剛說的漁夫，是這個青年嗎？」

佩達說：「有點不太一樣。有一天，這個漁夫到海邊捕魚的時候，不知道從哪飄來一股香氣，他想：是不是哪裡的花兒正盛開呢？便循著香氣找去，發現海邊的松樹上掛著一件輕薄的絲綢衣裳，香氣正是從這衣裳飄出來的。

啊，這件衣裳多美呀，看起來就非人間之物，一定是天上落下來的。漁夫打算把它帶回去當傳家之寶，正當他偷偷摸摸摺疊衣裳時，出現了一個幾乎沒穿衣服，看起來不知所措的天使。天使說：『那是我的衣裳。要是沒有這件衣裳，我就不能回到天上了，請還給我。我可以跳舞給您看，當作答謝。』漁夫心裡猶疑，要是把衣裳歸還，天使就立刻飛走，不會跳舞給他看了。但天使一穿上衣裳便翩翩起舞，那是世間絕無僅有的美麗舞蹈。舞著舞著，天使就飛回了天上。」

黃金男孩

國王說：「圖畫真的不吸引人，故事倒是挺不錯的，都是些很有夢想的故事呀！圖畫的部分不能再想想辦法嗎？」

大臣說：「佩達說，與其修改，不如重畫一張比較輕鬆。這傢伙年紀輕輕，講話口氣倒還不小。」

國王說：「那不如由我來畫吧！」

大臣說：「陛下，萬萬不可。若您畫的圖印成郵票，就會有人想得到那張原畫，這樣全國上下會因為爭奪原畫鬧得雞犬不寧。」

因此，佩達又重畫了一張。

佩達說：「聽說陛下喜歡充滿夢想的故事，所以我畫了黃金男孩。這個孩子跟泰山一樣，在山林裡長大，狐狸、鹿和兔子都是他的手下，連森林裡最強壯的大熊跟他比摔角，都被他單手扔了出去，可見他多麼力大無窮。」

大臣說：「嗯，這張還不錯。列入候選名單吧！」

小紅緞帶

佩達說：「有一個女孩，頭上總是綁著紅緞帶，所以大家都叫她小紅緞帶。這一天，住在另一邊山頭的奶奶生病了，小紅緞帶要去探望奶奶。她在山裡遇見一隻大野狼，大野狼問她要去哪裡呀，她回答要去奶奶家。壞心的大野狼便抄近路，搶先到了奶奶家。牠不僅騙了奶奶，還把奶奶一口吞下肚，接著裝扮成奶奶的樣子，躺在床上等小紅緞帶前來。小紅緞帶不知道床上躺的是大野狼，問道：『奶奶，妳的手怎麼這麼大呢？』『這麼大的手是為了抱可愛的小紅緞帶呀！這麼大的嘴，是為了把可愛的妳吃掉啊！』大野狼話剛說完，就一口把小紅緞帶吃了。幸好獵人剛巧路過，他切開大野狼的肚子，把兩人救了出來。」

大臣聽完，只是嗯嗯哼哼了半天，還是不肯同意。

小孩子才做選擇？
安野光雅的和洋折衷童話世界

文／蘇懿禎

顧名思義，這本《童話國的郵票》，主題當然是跟童話有關。但與其說這是一本給孩子的童話集，倒不如說更像是給大人看的幽默小品。

故事從一個想在國內推行郵政的大臣開始。當大臣好不容易說服國王後，接下來的任務就是找到一個畫家來繪製郵票的圖畫。於是，故事就在學徒佩達提案與大臣否決的一來一往過程中展開。

在這一篇篇故事之中，有些是我們耳熟能詳的，例如西方童話：〈賣火柴的少女〉、〈小紅帽〉、〈漢賽爾與葛麗特〉、〈捕鼠人〉、〈小拇指〉、〈狼來了〉、〈小木偶〉；另外也有日本民間故事：〈開花爺爺〉、〈被剪舌的麻雀〉、〈浦島太郎〉、〈金太郎〉、〈竹取公主〉、〈鶴妻報恩〉、〈因幡之白兔〉、〈桃太郎〉等等。其中，有的故事看起來內容沒有更動，但圖畫似乎有些蹊蹺——原來只要是西方的故事，人物全部改穿和服，而日本的故事就改成西洋的

「我是神田出身！」等台詞，隨著收音機的普及，在二次大戰前後成為日本風靡一時的流行語，經歷過那個時代的人，看了鐵定會會心一笑，但對現代人來說可能就有些距離了。

在〈森之石松〉這篇中提到了「桃太郎」與「津和野」，為最後兩篇埋下伏筆。「桃太郎」的文體並非像前面一樣採用對話，而是詩句，圖畫也跟前面的調性不同，彷彿在描繪耶穌誕生的情景。或許對日本人來說，心目中第一的民間故事就是桃太郎，所以這個故事不僅有特殊規格待遇，還躍上了封面。那排名第二的津和野呢？答案則是在書末由安野光雅設計的「故鄉與郵票」。讀者看到最後才恍然大悟，拐了這麼多彎，原來是要稱讚「真．作者」是第二名呀！

據說日文版貼的郵票圖案有不同版本，當然也都是安野光雅的故鄉郵票系列囉！後記中提到可憐的佩達，原文名叫「ペンタ（penta）」，或許是來自英文paint，但還沒出師，少了er，不過這只是我的猜測，在這滿滿是哏的一本書中，我想任誰都會被激發出不可思議的想像力吧！

有的故事則是以日本知名人物為主角。比如說背著木柴刻苦讀書的二宮金次郎，日本小學幾乎都有他的雕像，是兒童學習的榜樣。〈西洋版．塚原卜傳〉的主角叫達太安．武藏，達太安即是《三劍客》的主角。那武藏又是怎麼回事呢？宮本武藏是江戶初期的劍術家，明治初期的浮世繪畫家月岡芳年畫過「武藏塚原試合圖」，也就是塚原與武藏互相比武的情景。但一人是戰國時期，一人是江戶時期，怎麼可能比武呢？所以這只是月岡的想像圖罷了。

森之石松據說是活躍於幕府末期的俠客，雖然是否真有其人尚未定論，不過在日本的說唱藝術「浪曲」中赫赫有名。在「石松三十石船道中」這個段子中，石松在船上聽著旅人們聊天，當聊到誰是日本第一俠客時，聽到有人說他的師父清水次郎長最厲害，於是石松便請對方吃壽司，還稱讚他是江戶人。而旅人則回答他出生於神田，用現代的比喻就是天龍國中的天龍區的意思。接下來石松不斷的請對方喝酒吃壽司，希望對方說出自己是清水次郎長弟子中的第一。其後，在浪曲師二代目廣澤虎造的版本中，獨創了「來喝酒吧，來吃壽司吧，你可是江戶男兒啊！」、

服裝——難怪漢賽爾與葛麗特坐在櫻花樹下，〈被剪舌的麻雀〉裡的壞奶奶穿著洋裝，還戴著一頂蝴蝶結寬邊帽！有的故事則是稍微改了一小部分，比如說賣火柴的少女改賣雞蛋，小紅帽改成紅緞帶，還有好多個故事並非只是把相撲改成摔角那麼簡單……。

在〈拇指男孩〉這個故事裡，佩達說主角是「Tom Thumb」的一種，乍看之下以為是要講英國民間故事〈小拇指〉，但內容卻是日本的一寸法師！它們的共通點就是主角都是小不點男孩。同樣的例子還有結合美國《李伯大夢》的浦島太郎、融合德國《吹牛男爵歷險記》與日本民間故事《捕鴨人權兵》的《獵鴨人》、結合大仲馬的《三劍客》與日本戰國時代知名劍術家塚原卜傳的〈西洋版．塚原卜傳〉。或是單純開個諧音的玩笑，把小木偶（PINOKIO）設定為檜木製，不少台灣老一輩都知道檜木的日文叫「HINOKI」，合在一起變成HINOKIO。

白鶴

佩達說：「老爺爺在湖邊發現一隻受了傷，無法飛行的白鶴。他全心全意的照顧白鶴，直到牠終於痊癒。白鶴朝北方飛去，老爺爺含著淚目送牠離開。

有一天，一個漂亮的女子來訪。她說，為了報答老爺爺照顧白鶴的恩情，她願意照顧老爺爺，希望能讓她一邊織布，一邊跟老爺爺一起生活。

『但是，請答應我一個請求：我織布的時候絕對不可以偷看。』女子說。

女子織的布匹，看起來既像綢緞又像彩虹，非常美麗精緻。就算價格昂貴，還是供不應求。對於如此美麗的布料，老爺爺感到不可思議，忍不住往織布的房間裡偷看。原來織布的居然是一隻白鶴，牠正一根根拔下自己的羽毛，織成布匹。

被看到真面目的白鶴，流著淚跟老爺爺道別而去。」

良寬

大臣說：「白鶴的故事不錯，可惜跟天使一樣，圖畫的部分真的不行啊！」

佩達說：「那您看看這個和尚如何，他叫做良寬，是個很有趣的和尚。」

大臣說：「這個人我聽過。他的故事不是虛構，是真實存在的。他書法寫得好，和歌也做得好，可說是天生的詩人啊！雖然是和尚，他卻不住在寺廟，而是一個人生活。或許因為這樣，他才有時間經常跟村裡的孩子們踢球或玩捉迷藏。聽說有一次玩捉迷藏，孩子們都找不到他，他躲著躲著居然就睡著了。比起高僧莊嚴的說法，村人們認為從良寬的生活方式裡反而能學到更多道理呢！」

佩達說：「他身上穿的是方濟各會的修士服，可見他生活相當清貧。」

大臣說：「話說回來，圖還是比不上故事有趣啊！」

捕鼠人

這次佩達畫了這樣的故事。

「很久很久以前，鎮上來了一個捕鼠人。鎮長說：『這裡的老鼠多到讓我發愁呢！如果你能捉住鎮上所有的老鼠，我會給你五十兩的報酬。』

捕鼠人取出神奇的笛子，『嗶——嗶——嗶——』在鎮上四處吹奏。鎮上的老鼠聽到笛聲，紛紛跟在他身後，排成一列隊伍，離開了城鎮。老鼠群甚至還跳進河裡，被河水沖走了。鼠患解決之後，鎮長居然連一文錢也不想付。

某天，捕鼠人又晃到了鎮上。他問鎮長：『請問捕鼠的費用……』鎮長卻裝作不知情的答道：『我有答應過要給你錢嗎？』於是捕鼠人再次取出笛子，『嗶——嗶——嗶——』在鎮上四處吹奏起來。鎮上的孩子們聽到笛聲，紛紛跟在捕鼠人身後，排成一列隊伍，離開了這個城鎮。」

狼來了

佩達這次畫了這樣的故事。

「在某個地方，有一個放羊的男孩。這一天，他又跟往常一樣，一邊大喊，一邊跑回村子裡：『狼來了！狼來了！大野狼來了！救命啊！』

村人們拿起鐽子和鋤頭趕了過來。『狼在哪裡？你沒事吧？』男孩指著森林說：『狼逃到那個森林裡去了。謝謝大家來救我，好險啊，得救了。』羊群也都平安無事。村人們安慰他：『下次再遇到大野狼，我們絕對不放過牠。』

隔天，男孩又跑進村子裡大叫：『狼來了！』他對村人說：『這次狼逃到那邊的森林裡去了。』

接著第三天、第四天，每天男孩都上演『狼來了！』的戲碼……。直到狼真的來了的時候，已經沒有任何村人願意幫助他了。」

月亮公主

大臣說：「你該不會又要說，這幅畫裡的小嬰兒發生什麼事了？」

佩達說：「您誤會了。有一天，這個老爺爺在砍柴的時候，聽到樹幹裡傳來嬰兒的哭聲。原來，裡頭有一個可愛的小女嬰。老奶奶看了也十分驚喜，兩人都認為這是上天賜與他們的恩典，於是細心的照顧這女孩長大。過了幾年，女嬰長成了世界上最美麗的公主。聽到這個傳聞的年輕貴族們，一窩蜂的前來向公主求婚。但是公主卻說：『我不會嫁給任何人的，因為將來我要回到月亮上去。』

在一個月圓之夜，月宮派使者前來迎接公主，貴族的軍隊紛紛舉起弓箭，試圖保護公主，但一道奇異刺眼的光芒從空中照射下來，令他們嚇得全身發抖，公主便趁此時飛回天上。老爺爺和老奶奶淚流滿面，公主也哭著跟他們道別。」

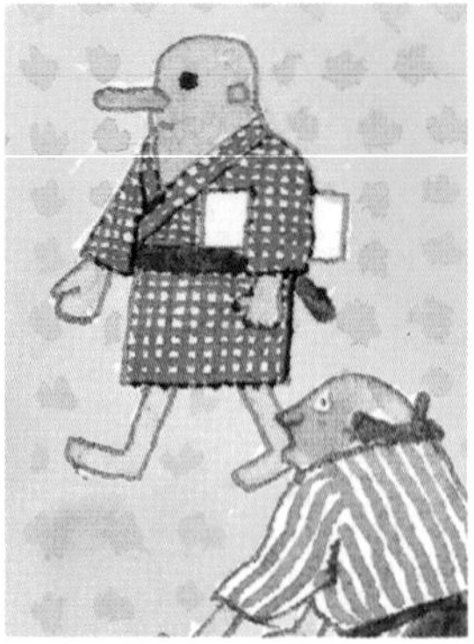

小檜偶

大臣說：「這次可以畫個不那麼悲傷的故事嗎？」

佩達說：「那您覺得這個如何？從前在某個地方，有個靠製作玩具維生的老爺爺。有一天，他用檜木做了一個提線木偶。」

大臣說：「呵呵呵，我猜接下來你會說，因為這是用檜木做的木偶，所以取名叫小檜偶，沒錯吧？」

佩達說：「啊，您這個點子真妙啊！那就叫它小檜偶吧。然後，那天夜裡，女神來了。」

大臣說：「又是從月亮來的吧？真危險啊！」

佩達說：「您說的沒錯。女神施了魔法，讓小檜偶可以像人類小孩一樣活動，之後還去上學了。但是因為他的鼻子太長，所以被同學欺負。」

大臣說：「霸凌者不可原諒！」

佩達說：「小檜偶並沒有輸。」

大臣說：「我知道了，因為女神把小檜偶變成真的人類小孩了吧？」

佩達說：「是的，女神可是得意的把鼻子翹得高高的呢。」

兔子與神明

佩達說：「從前，有一隻兔子住在島上，牠很想渡海到遠方的大島上瞧瞧。於是，兔子對海裡的鯊魚說：『鯊魚先生，我發現你們總是成群結隊，想數數看你們到底有多少隻……不知道能不能麻煩你們排成一列，好讓我能計算呢？』

大臣說：「這是在人口調查嗎？」

佩達說：「於是，兔子一邊數著：『一、二、三、四、五』，一邊踩著鯊魚的背當跳板，終於跳到了另一頭的大島上。」

大臣說：「什麼嘛，原來兔子騙了鯊魚呀！」

佩達說：「沒錯，所以鯊魚非常生氣，就把兔子的毛皮剝了下來。當兔子嗚嗚的哭個不停時，神明正好路過這個地方。兔子邊哭邊懺悔著說：『我知道是我錯了。』因為這個神明很善良，便指點兔子去湖邊尋找蒲黃花粉，只要把蒲黃花粉裹在身上睡一晚，毛就會長回來了。」

大臣說：「喂，這太誇張了吧！」

獵鴨人

佩達說：「您覺得獵鴨人這個故事如何呢？」

大臣說：「我聽過這個故事，好像叫什麼《吹牛男爵歷險記》。有一次男爵捉到許多鴨子，他用繩子把鴨子全部綁在一起，沒想到鴨子卻一齊飛了起來，男爵就像乘著熱氣球似的飛在空中，還飛到很遠的地方去旅行呢！真是個奇怪的故事。」

佩達說：「這個獵人也跟男爵一樣。因為湖面結冰，鴨子在水下的雙腳全被凍住了，無法動彈。即使有人靠近，牠們也不能逃走。所以獵鴨人把鴨子一隻隻用繩子綁住，打算一網打盡帶回家。」

大臣說：「這幾乎跟吹牛男爵的故事一樣啊！萬一有小孩把這個故事當真，也想抓一堆鳥飛到天上的話那還得了！你就別想東想西了，我只需要一張，一張真的可以印成郵票的圖就夠了。」

森之石松

大臣說：「佩達，我看左邊這個男人就是你自己吧！想必你們正在評選哪一張是本書中最棒的郵票。你不斷討好對方說：『來吃點壽司吧，你可是神田人啊！』一直死纏爛打，好讓對方說出你畫的東西是最好的。

不過，對方卻說：『最棒的還是桃太郎。』於是你就著急了：『嗯……因為桃太郎畫得很細膩吧！那第二名呢？什麼？第二名是賣火柴的少女啊？咦，沒看過這幅畫？有啦有啦，不過畫的是賣雞蛋的少女啦！喂，來吃點壽司吧，你可是江戶男兒，神田出身啊！這艘船呢，還要一會兒才進港，請把你的手放在胸前，仔細的想清楚。要是我畫的郵票不是第一，我的飯碗就不保了。是嗎？你說你覺得最棒的郵票是津和野的郵票？』這就是你畫的故事吧！還騙我說是什麼森之石松！」

佩達說：「啊！我受不了了！」

桃子男孩

老爺爺從山裡，
背著木柴回來。
老奶奶從河邊，
扛著大桃子回來。
是撿到的喔。

切開大桃子，
什麼？
居然蹦出了一個小嬰兒。
真是危險啊。

小嬰兒長成一個優秀的青年，
名字叫做桃太郎。
他說他要去收服鬼怪。
隨從是狗、猴子和雉雞，
也就是糰子三兄弟。

狗咬、猴子抓、雉雞啄。
鬼怪們投降了。
「我們再也不捉人了。」
「聽好了，下次再犯就死刑伺候。」

桃太郎帶著一整船的寶物回來了。
隨從是狗、猴子和雉雞。
ＱＱ、彈彈，真團結。
他們是糰子三兄弟。

大臣：「你覺得這張圖如何？」

佩達：「哈哈，這是您家少爺畫的吧？」

大臣：「你在胡說什麼，這可是陛下畫的喔！因為你不認真畫，所以陛下決定用這張印成郵票了。」

佩達：「我明白了。陛下畫的是大臣您吧？」

大臣：「蠢蛋，嘴上的鬍鬚雖然有點像，但頭長得不一樣吧！」

佩達：「您這麼一說，我才發現有頂皇冠呢！」

大臣：「我很明確的稟告過陛下，不能用這張圖當郵票。你也站在我的立場替我想想吧！」

佩達：「哈！這樣陛下就會怒髮衝冠……」

大臣：「現在是開玩笑的時候嗎！你被開除了。這本書到此為止！」

佩達：「遵、遵命！」

後記

這個國家的大臣，一心想要建立郵政系統，卻不希望由國王來繪製郵票的圖案。聽說在那之後，可憐的佩達依然在學習繪畫的路上前進。或許將來的某一天，他能繪製出適合郵票的圖畫。

下一頁是由我繪製的「故鄉與郵票」系列中的一枚。主題是「萩．津和野」，由日本中國地方郵局發行，將這枚郵票貼在書末，以茲紀念。（編按：本書日文版本最初是貼真正的郵票，往後再刷版則為印製畫）

萩是山口縣的老城區，也是吉田松陰、高杉晉作的成長地。津和野是島根縣的老城區，也是森鷗外、西周的出生地，現在則因位於蒸汽火車的運行路線上而知名。有機會的話，請到萩．津和野去看看吧！那是一個還保留著自然風光的好地方。

安野光雅

除了第50、51頁的〈桃子男孩〉之外，其他的畫作連載於《親子閱讀》一九八一年一月號～一九八二年十二月號。

津和野・島根県
80
NIPPON
日本郵便

安野光雅（1926~2020）

1926 年 3 月出生於日本島根縣津和野町，為日本近代著名畫家。1974 年獲得藝術選獎文部大臣新人獎，1988 年榮獲紫綬勳章、國際安徒生獎等海內外多數獎項。
著作有《ABC 之書》、「旅之繪本」系列（福音館書店）、《野花和小矮人們》、《津和野》、《新裝花》、《安野光雅的海報》（岩崎書店），《繪本莎士比亞劇場》、《路邊的花》、《繪本 平家物語》、《幻想的繪本》（講談社）、《幻想工房》（平凡社），《算私語錄》、《義大利的陽光》（朝日新聞社），《跳蚤市場》（童話屋）、《EVERYING》（青土社），《安野光雅文集》（筑摩書房）等。插畫作品則有《中國故景》、《歌與故事》、《旅行與剪紙》（岩崎美術社），《返鄉之路》（岩波書店）等。

童話國的郵票

文 · 圖／安野光雅　譯／蘇懿禎

步步出版
社長兼總編輯／馮季眉　責任編輯／徐子茹　編輯／陳奕安　美術設計／張簡至真

讀書共和國出版集團
社長／郭重興　發行人／曾大福　業務平臺總經理／李雪麗　業務平臺副總經理／李復民
實體通路協理／林詩富　海外暨網路通路協理／張鑫峰　特販通路協理／陳綺瑩　印務協理／江域平　印務主任／李孟儒

出版／步步出版（遠足文化事業股份有限公司）　發行／遠足文化事業股份有限公司　地址／ 231 新北市新店區民權路 108-2 號 9 樓
電話／ 02-2218-1417　傳真／ 02-8667-1065　Email ／ service@bookrep.com.tw　網址／ www.bookrep.com.tw
法律顧問／華洋國際專利商標事務所 · 蘇文生律師　印刷／中原造像股份有限公司
初版／ 2023 年 1 月　定價／ 360 元　書號／ 1BSI1085　ISBN ／ 978-626-7174-25-8

國家圖書館出版品預行編目 (CIP) 資料

童話國的郵票／安野光雅文.圖；蘇懿禎譯. -- 初版.
-- 新北市：步步出版：遠足文化事業股份有限公司
發行 , 2023.01
面；　公分
ISBN 978-626-7174-25-8（精裝）
861.596　　111019313